SOPA DE LIBROS

Título original: *Alguns medos e seus segredos*

© Del texto: Ana María Machado, 1984
© De las ilustraciones: Agustín Comotto, 2005
© De la traducción: Mario Merlino, 2005
© De esta edición: Grupo Anaya, S.A., 2005
Juan Ignacio Luca de Tena, 15. 28027 Madrid
www.anayainfantilyjuvenil.com
e-mail: anayainfantilyjuvenil@anaya.es

1.ª edición, abril 2005
11.ª impr., enero 2016

Diseño: Manuel Estrada

ISBN: 978-84-667-4575-8
Depósito legal: M. 322/2011

Impreso en España - Printed in Spain

Las normas ortográficas seguidas en este libro son las establecidas por la
Real Academia Española en su edición de la *Ortografía* del año 1999.

Machado, Ana María
Algunos miedos / Ana María Machado ; ilustraciones
de Agustín Comotto ; traducción de Mario Merlino. —
Madrid : Anaya, 2005
72 p. : il. col. ; 20 cm. — (Sopa de Libros ; 102)
ISBN 978-84-667-4575-8
1. Miedos I. Comotto, Agustín, il. II. Merlino, Mario, trad.
087.5:82-3

Algunos miedos

Ana María Machado

Algunos miedos

Ilustraciones
de Agustín Comotto

Traducción de Mario Merlino

UNA MADRE QUE TENÍA MIEDO A LAS LAGARTIJAS

Érase una vez una madre
que tenía miedo a las lagartijas.
Por lo demás, era muy valiente:
se quedaba sola, cantaba en
la oscuridad y era capaz
de tomar la sopa caliente.

Era muy decidida:
se enfrentaba a las cucarachas,
discutía con su jefe y sabía hablar
de montones de cosas.

Le gustaban mucho
los animales con plumas
y los animales con pelo.

Sus hijos podían
tener perros, gatos,
conejos, periquitos,
petirrojos, canarios,
conejillos de indias.

No le molestaba
si los reunían a todos
al mismo tiempo,
incluso lo apoyaba.

Más aún; también
los inventaba.

Además,
aceptaba peces
y tortugas
sin dudarlo
nunca. Y tenía
una pecera redonda
con peces muy rojos y un balcón
rojo con tortugas redondas.

Si sus hijos descubrían monos
con alas, ella dejaba que volasen
en la sala.

Si para una vaca encontrasen
un lugar, no sería ella la primera
en protestar.

Y si para un caballo tuviesen
un campo raso, los chicos le

darían de comer en cualquier caso, y ella lo seguiría paso a paso. Pero, ¿sapos?, ¿lombrices?, ¿ranas?, y... ¿camaleones?

De ellos, no quería saber nada. Unas veces se escondía y otras no se daba por enterada.

—Mamá, ¿qué te ocurre? ¡Son animales muy bonitos y no hacen nada! ¡Míralos! —le explicaban sus hijos.

¿Esos pequeños lagartos que tomaban el sol, tumbados en las piedras? Ella los miraba, pero no le gustaban.

—Mamá, ¡es un bichito que a nadie molesta, no seas boba!

Pero en esos casos era boba. Tan boba que, cuando iban a

la playa,
caminando
por el bosque,
iba pisando fuerte
y hablando en voz alta;
hacía ruido para asustar
a los pequeños lagartos,

que salían corriendo, muertos
de miedo por culpa de esa
mujer tan grande y alborotadora.

Pero ella, entre todos
los bichos, a los que más miedo
tenía era a las lagartijas:

—¡Las lagartijas son
un peligro dentro de casa!
¡Nos pueden atacar en cualquier
instante!

—¿Atacar, mamá? Pero,
¿qué dices? —se reía Antonio.

—Mamá. Mira aquella lagartija, qué graciosa es. Está allí arriba, en la pared —le mostraba Juan.

—Sí que lo es, blanquita y transparente, con la cabeza levantada. Parece una cría de

yacaré —decía Luisa. No servía
de nada, no le gustaba.

Un día, decidieron gastarle
una broma.

A la salida del colegio,
había un vendedor de caramelos,
cohetes, pirulí y juguetes.

Los juguetes eran muy divertidos:
cucarachas y arañas de plástico,
lagartijas de mentirijillas.

Compraron dos lagartijas
y se las llevaron a casa.
Pusieron una en un cajón,
y la otra en el estante que
estaba al lado.

Cuando su madre llegó
del trabajo y fue a cambiarse
de ropa, se dio un susto
tremendo.

Primero, fue un susto:
—¡Ay! ¡Socorro! ¡Antonio!
¡Luisa! ¡Juan!

Después, fueron dos sustos:
—¡Deprisa! ¡Venid todos aquí!

Los niños acudieron volando.
Y vieron a su madre temblando.

—¡Había una lagartija
horrorosa! ¡Subió por mi brazo
y corrió hacia el cajón! Y hay
otra tremenda en el estante...
¡Por el amor de Dios, llevaos
a esos animales horribles,
que no los puedo ni ver!

Los niños se miraron mientras
ella salía:

—¿Las lagartijas de juguete
suben por el brazo?

—¿Habrá tal vez alguna
de verdad?

Miraron con más atención.
No había ninguna de verdad.
Solo estaban las de juguete.
¡Y su madre con tanto miedo!
¡Qué madre tan liosa! Y, para
colmo, fantasiosa...

Se fueron
a buscarla, entre risas y burlas,
pero llegaron a la sala y no se
rieron. Porque ella los miró
y les dijo:

—Qué suerte que estuvierais
en casa. Sois tan valientes...
Me siento muy orgullosa de
vosotros, que no tenéis miedo
y os ocupáis de mí...

Y, sentada en el sofá, abrazó
a los tres al mismo tiempo,
cerró los ojos y reclinó su cabeza,
como una niña pequeña.

Ellos se miraron y entendieron
que todo el mundo tiene sus
miedos y cada miedo tiene
su secreto. Quien parece siempre
fuerte, en el fondo carece

de suerte, pues tiene que arreglárselas solo, sin ayuda alguna:

—Mamá es como cualquier persona.

Y las personas se asustan, lloran, ríen, hablan, inventan, cuentan, gritan, susurran o... comen torrijas.

Y las hay que tienen miedo a las lagartijas.

Con su permiso, Bu

Era una noche sin luna,
de esas noches muy oscuras.
En el balcón de la finca,
los primos conversaban,
mientras miraban cómo
se consumía la fogata
que habían encendido
para espantar a los mosquitos.

—Dentro de poco me voy
a dormir —dijo Lena—.
La subida al cerro me ha dejado
agotada.

—Y yo quiero estar en forma
para el partido de mañana —dijo
Beto.

—No hace falta —se rio
Dudu—. Con esta gente no
hay problema. Les ganaremos
en un santiamén.

Conversaron sobre lo que
habían hecho y lo que querían
hacer en aquellas vacaciones.
Después, fueron dejando
de hablar, ya vencidos por
el sueño. De vez en cuando, se oía

una hamaca que crujía, un pájaro
que piaba o la leña que crepitaba
en la fogata. Hasta que se oyó,
muy bajito, la voz de Cristina:

—Estoy muerta de miedo...

—¿Miedo de qué, boba?

¿De la oscuridad? —se hizo
el valiente Dudu.

—No exactamente, Dudu
—respondió antes Beto.

—Pues, no... —explicó
Cristina—. Exactamente
de la oscuridad no, pero sí
del monstruo, los fantasmas,
esas cosas que hay en
la oscuridad...

—El hombre del saco,
la bruja, el dragón...
—completó Lena.

—El ogro que devora
a los niños, el ladrón... —añadió
Beto.

Incluso Dudu siguió recordando:

—El lobo feroz, el papón...

—Y Bu... —tembló Cristina.

—Y Bu... —repitieron
los demás.

Todos estaban asustados,
tenían miedo. Solo uno de ellos
no había dicho nada. Toño,
el hijo del guardés, justamente
él, que contaba tantas historias
de espíritus del más allá.

En medio del miedo general,
acabaron dándose cuenta de
que algo raro ocurría. A la luz
de la fogata, las sombras
se movían todo el tiempo,

y comenzaron a aparecer uno
tras otro aquellos miedos...
   Bastaba con mirar y allí
estaban todos: los monstruos,
los fantasmas, el hombre

del saco, la bruja, el dragón, el
ogro que devora a los niños,
el ladrón, el lobo feroz, el
papón... ¡y Bu!

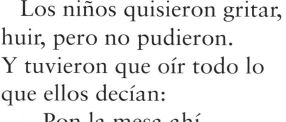

Los niños quisieron gritar,
huir, pero no pudieron.
Y tuvieron que oír todo lo
que ellos decían:

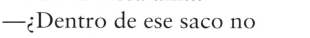

—Pon la mesa ahí...

—¿Dentro de ese saco no
hay mantel? ¿Servilletas?
¿Platos? ¿Cuchillos?

—El fuego ya está
a punto, solo hay que echar
más leña.

—En el caldero de la bruja
caben todos.

—El ogro tiene una receta
estupenda...

Los monstruos conversaban,
se preparaban. Bu llevaba la voz
cantante. Los chicos solo
escuchaban. Hasta que,
de repente, se oyó una voz
diferente:

—Con su permiso, Bu...

Una voz que hablaba así, como
si *bu* fuese una palabra igual
a las otras, escrita con minúscula.

Se hizo un silencio. La voz
repitió:

—Disculpe, señor Bu.

Era Toño, que al instante
escuchó como Bu le echaba
una bronca:

—¿De qué vas, chico? Vaya
mequetrefe... ¿Cómo se te ocurre
intervenir en nuestro banquete?
Dime una cosa, insolente:
         ¿tengo yo cara de ser
         tu monstruo,
         por casualidad?

—No, señor
—respondió Toño, muy

educado—. Usted es de Cristina.
Y un poco de todos.

—El ogro y yo somos de Beto
—intervino el ladrón—. O, mejor
dicho, él es nuestro...

—Sí... El hombre del saco, la
bruja y el dragón son de Cristina;
el lobo feroz y el papón, de Dudu:
no hace falta repetirlo. Cada uno
sabe a quién llamó. Pero, tú,
a ver, ¿cuál es tu monstruo?
—preguntó Bu a Toño.

—No es ninguno de ustedes.

—Entonces, ¿cuál es? Dime,
cuál es tu secreto, ¿a qué le tienes
miedo tú?

—Al hambre... —tembló Toño.
Dicho y hecho: habló
y el hambre se presentó.

Era tanta que Toño estuvo
a punto de desmayarse.
Y una vez más, muy educado,
pidió:

—Con su permiso, señor Bu.
¿Hay algo en ese banquete que
yo pueda comer? Con un poco
de arroz me basta. Y no me
importa si hay pasta.

—¡Tú no comerás; serás
comido!

—De eso, nada. Eso solo
le ocurre a quien tiene miedo.
A mí, no, solo me da miedo
el hambre.

—¿Quieres comer con nosotros?
Ven. Vas a encontrar pinchos
y raciones de toda clase de niños
miedosos. Bueno...

—¡Ah, eso no! —dijo Toño—.
Si yo tuviese sus poderes, comería
lo mejor de lo mejor: arroz, pollo,
marisco, patatas, chorizo, carne
de cerdo...

—La carne de cerdo

es estupenda. Ya la he probado...
—recordó el lobo feroz.

—... pescado asado, carne asada,
pimiento asado —continuó Toño.

—Hum, el asado es
una delicia... —interrumpió
el dragón, relamiéndose
los labios.

—... gallina...
—quiso continuar Toño.

Pero el hombre del saco
y el ladrón no lo dejaron seguir,
pues ya iban con el saco

al hombro en dirección
hacia el gallinero:

—¡Viva! ¡Las gallinas son
divinas!

Y todos le comenzaron a pedir
a la bruja que hiciese aparecer
un banquete de verdad, bien
preparado, capaz de ayudar
a Toño a matar el hambre.

Y así se hizo. Había de todo.
O de casi todo. Al final, el ogro
reaccionó:

—¡El postre! ¿Dónde está
el postre?

—Habrá que pedírselo
a los niños —explicó Bu—.
Pero yo me muero de miedo.

—¿De qué tienes miedo?
—preguntó el ogro, distraído

y muerto de sueño
de tanto comer.
  —De dulzura
  —explicó, en voz muy
baja, la bruja.

—¡¿DULZURA?!
—repitieron todos—. ¡Ay, qué miedo!

Y la dulzura apareció. Todos los niños reían, no paraban de reír. Y la dulzura fue tanta que los monstruos huyeron despavoridos, no quedó uno siquiera encima del tejado. Los chicos al fin se durmieron y tuvieron sueños dulces.

EL LOBO FEROZ
Y EL VALIENTE CAZADOR

Érase una vez un niño
que vivía en una cabaña en
el bosque, con su padre, que era
cazador, y su madre, que hacía
de todo: cocinaba, lavaba,
planchaba, hacía la limpieza,
cosía, se aburría y suspiraba.
Y érase una vez, también,
un lobezno que vivía en una
cueva de ese mismo bosque,
con toda su familia, pues
a los lobos les gusta vivir en
comunidad, es decir, en manada.
El chiquillo jugaba con otros
niños que aparecían por allí:
los hijos del leñador, la hija
de la lavandera, el nieto
del vendedor ambulante,
una niña que a veces se perdía

en el bosque recogiendo
frambuesas...

El pequeño lobo jugaba
con otros lobeznos parecidos a él,
hermanos y primos, algunos de la
misma camada, otros mayores,
otros menores. Se divertían
con juegos de rodar por el suelo,
de revolcarse por todos lados...

A veces, por la noche, el padre
o la madre contaban cuentos
al niño al amor de la lumbre.
Y esas historias tenían siempre
un lobo feroz. Podían hablar
de cerditos, de Caperucita Roja
y de otras muchas cosas; pero ya
se sabe, de repente, aparecía un
lobo feroz que gruñía, resoplaba,
se enfurecía, derribaba casitas,

y tenía unos ojos tan grandes y
también una boca tan grande
que solo buscaba comerse a
los niños.

A veces, también por la noche,
en la cueva, al pequeño lobo
le costaba dormirse y se quedaba
escuchando los cuentos que
los lobos más viejos se contaban
unos a otros. Y esos cuentos

siempre tenían a un cazador
malvado. Podían hablar
de arroyos limpios, de campos
inmensos y de otras muchas
cosas; pero, ya se sabe,
de repente, aparecía un cazador
que ponía trampas, les disparaba

y arrancaba la piel de los lobos
que había matado.

Cuando el niño creció un poco y
ya podía salir solo, pedía permiso:

—Mamá, ¿puedo jugar en
el bosque?

Y su madre siempre respondía:

—Claro que puedes, pero
ten cuidado, hijo mío. No vayas
muy lejos. Puede haber algún
lobo por ahí.

Cuando el lobezno creció
un poco y ya podía salir solo,
pedía permiso:

—Mamá, ¿puedo jugar en
el bosque?

Y su madre siempre respondía:

—Claro que puedes, pero ten
cuidado, hijo mío. No vayas muy

lejos. Puede haber algún cazador
por ahí.

Y ellos no iban muy lejos.
Pero como vivían en el mismo
bosque y estaban creciendo,
sus pasos eran cada vez más
largos y se acercaban cada vez
más.

Hasta que un día...

Un día, el niño estaba distraído,
un poco alejado de casa, y pisó
una rama seca que crujió.
Entonces, el lobezno,
que también estaba por allí,
distraído y un poco alejado de
casa, oyó el crujido, se llevó un
susto y gruñó. Y, en ese momento,
los dos se volvieron y se miraron.
De repente. Frente a frente.

Cada uno puso
una de las caras más raras
que alguien puede poner:
cara de miedo, de mucho miedo,
de verdadero pavor. Y las caras
de pavor eran tan pavorosas

que el lobezno se fue corriendo
en una dirección y el niño tomó,
también corriendo, la contraria.

Al llegar a casa, el niño contó:

—Encontré a un lobo en
el bosque, pero sintió tanto
miedo al verme que se fue
corriendo.

Al llegar a la cueva, el lobezno
contó:

—Encontré a un cazador en el
bosque, pero sintió tanto miedo
al verme que se fue corriendo.

Quienes escuchaban no se creyeron demasiado lo que decían. Pero lo más importante es que los dos sí se lo creían. O eso parecía. Porque, desde ese día, cuando quiere ir al bosque, el niño mete las manos en los bolsillos

y sale silbando y tarareando
aquella canción:

—«¿Quién le teme al lobo
feroz, al lobo, al lobo?
¿Quién le teme al lobo feroz?».

Y el lobezno, cuando quiere
permanecer despierto por
la noche, estira mucho el hocico
hacia la luna y aúlla:

—¡Se fueeeeeeee!
¡Huyóóóóóóóó!
¡Fui yoooooooooo!

Índice

Escribieron y dibujaron...

Ana María Machado

Ana María Machado na- *ció en Río de Janeiro. Está considerada como una de las más importantes autoras brasileñas. En el año 2000 ganó el premio Hans Christian Andersen, premio Nobel de literatura infantil, por el conjunto de su obra. A los niños como a los adultos les gustan las historias de miedo, ¿cómo surgieron estos cuentos sobre los miedos?*

—No hubo por mi parte la intención de escribir un libro de historias de miedo. Lo que ocurrió fue que, a lo largo de los años, escribiendo regularmente para una revista, creé varios cuentos. Un día, cuando decidí reunirlos en un libro, me di cuenta de que había tres de miedo. Y los publiqué en un volumen.

—*¿Considera que los niños se sirven de esos cuentos que les provocan miedo para superarlos?*

—Realmente, no lo sé. Para mí es siempre un misterio la reacción de los lectores, niños o adultos. Sé que mi nieta, con cuatro años, tenía algunos de mis cuentos de miedo entre sus favoritos, pero los recibía siempre con una risa, como si el humor la ayudara a superar el propio temor.

—*¿Tuvo usted en su infancia su propio monstruo, como Cristina o Dudu, entre otros personajes, tienen los suyos?*

—El único monstruo que yo tuve en mi infancia solo aparecía en mis pesadillas. Pero sí, yo siempre tuve miedo a las lagartijas, y ese cuento nació de una anécdota real que nos ocurrió a mis hijos y a mí.

Agustín Comotto

Agustín Comotto nació en 1968, en Buenos Aires. En 1982 comenzó a trabajar realizando cómics para revistas locales de su ciudad natal. Se traslada a España en 1999. ¿Cómo fueron sus inicios en la ilustración de libros infantiles?

—Fue hace mucho tiempo, cuando vi a un gran amigo ilustrador trabajando en un libro infantil. Me tenté; hasta ese momento había estado trabajando en el campo del cómic y nunca había hecho nada sobre ilustración infantil. Disfruté tanto de la experiencia que al poco tiempo solamente me dediqué a ello.

—¿Qué destacaría de su trabajo de ilustrador dentro de la literatura infantil?

—Trato de incorporar con las imágenes elementos que en el texto no aparecen; es decir, poner un poco de mi «historia». Es difícil, ya que unas veces sale, pero otras no se te ocurre nada. Lo he pasado muy bien con *Algunos miedos,* pues la autora es muy buena y siempre, a través de las palabras, sugiere muchas imágenes.

—*¿En qué componentes de la historia o ajenos a ella se ha apoyado para recrear a través de la ilustración los miedos infantiles?*

—En el caso de los elementos de la historia, destacar los que me parecen más divertidos o surrealistas, los más dramáticos también. Los miedos son de cada uno y me parece justo que cada lector piense en los suyos. Por mi parte, ajenos a la historia, he tratado de agregar los míos, los que recuerdo de pequeño, como la oscuridad. Quizá también, para divertirme, se me haya escapado cierta influencia de la pintura clásica.

SOPA DE LIBROS

A PARTIR DE 6 AÑOS

SOPA DE LIBROS

SOPA DE LIBROS

SOPA DE LIBROS